नारी शक्ति

समाज की कुप्रथा से लड़ती नारी

मधुलिका गोयल

Copyright © Madhulika Goel
All Rights Reserved.

This book has been self-published with all reasonable efforts taken to make the material error-free by the author. No part of this book shall be used, reproduced in any manner whatsoever without written permission from the author, except in the case of brief quotations embodied in critical articles and reviews.

The Author of this book is solely responsible and liable for its content including but not limited to the views, representations, descriptions, statements, information, opinions and references ["Content"]. The Content of this book shall not constitute or be construed or deemed to reflect the opinion or expression of the Publisher or Editor. Neither the Publisher nor Editor endorse or approve the Content of this book or guarantee the reliability, accuracy or completeness of the Content published herein and do not make any representations or warranties of any kind, express or implied, including but not limited to the implied warranties of merchantability, fitness for a particular purpose. The Publisher and Editor shall not be liable whatsoever for any errors, omissions, whether such errors or omissions result from negligence, accident, or any other cause or claims for loss or damages of any kind, including without limitation, indirect or consequential loss or damage arising out of use, inability to use, or about the reliability, accuracy or sufficiency of the information contained in this book.

Made with ❤ on the Notion Press Platform
www.notionpress.com

नमस्कार दोस्तों मेरा नाम है मधुलिका और मैं यह पुस्तक उन लोगों को समर्पण करना चाहती हूं जो लोग यह समझते हैं कि औरतें कुछ नहीं कर सकती हैं | औरतें सब कुछ कर सकती है वह चाहे तो घर भी चला सकते हैं और वह चाहे तो अपने परिवार को भी अच्छे से रख सकती हैं | यह किताब एक ऐसी किताब है जो उन लोगों के मुंह पर एक तमाचा मारती है जो लोग यह सोचते हैं कि अकेली नारी कभी कुछ कर नहीं सकती है | और यह किताब मैं उन औरतों को समर्पण करती हूं जो औरतें बहुत मजबूती से आगे बढ़ रहे हैं | यह किताब किसी को ठेस पहुंचाने वाली नहीं है इस किताब में सभी शब्द एक ऐसे रूप में लोगों के सामने आएंगे जिनसे लोगों को कुछ प्रेरणा मिले | इस किताब के सभी पात्र सच है | यह एक सच्ची घटना पर आधारित है और उन लड़कियों को औरतों को समर्पण करती हूं | मैं ही तो था जो आज अपनी जिंदगी में काफी आगे बढ़ चुकी है और काफी ऊंचे पौधे पर है | काफी ऊंचाई पर खड़ी हुई है आज औरतें किसी से कम नहीं है

क्रम-सूची

प्रस्तावना

नमस्कार दोस्तों मेरा नाम है | मधुलिका गोयल यह कहानी एक सच्ची घटना पर आधारित है काल्पनिक चीजों से इसका कोई लेना देना नहीं है | यह कहानी एक ऐसी लड़की की कहानी है जिसने बचपन से ही काफी चीजें देखी समझी है अपनी जिंदगी में | दोस्तों आज मैं ऐसी ही घटना आज सबके सामने लेकर आई हूं | आजकल लोगों के दिमाग में यह बहुत होता है कि लड़की है आगे नहीं बढ़ पाएगी लड़की हो गई है खर्चा बढ़ गया है लड़की हो गई है जल्द से जल्द शादी करनी पड़ेगी | लेकिन आजकल हर लड़की कुछ ना कुछ किसी ना किसी उचाई पर है | हमारी देश की राष्ट्रपति एक महिला ही है | आईएएस और पीसीएस अफसरों में भी महिला काफी उपलब्धियों पर हैं| यह लोगों की सोच हो गई है कि लड़कियां आगे नहीं बढ़ सकती हैं यह घटना उन लोगों की सोच पर प्रभावित होगी| जो लोग यह सोचते हैं कि लड़कियां अकेली अगर है तो वह कभी कुछ नहीं कर सकती| अकेली लड़की भी सब कुछ कर सकती है क्योंकि लड़कियों में बहुत शक्ति और सहनशीलता होती है आगे बढ़ने की यह कहानी उन सभी पात्रों को प्रदर्शित करेगी |

भूमिका

इस कहानी में सोनम के बारे में जो भी घटना घटित हुई है | वह सच्ची घटना पर आधारित है सोनम तो एक लड़की है | ना जाने इस दुनिया में कितनी ऐसी सोनम होंगी जो आज भी इन सभी घटनाओं में ऐसे फंसी हुई कि शायद उनके पास रास्ता भी ना हो | लेकिन मैं उन सभी लड़कियों से यही कहना चाहती हूं कि आगे बढ़ो किसी के बारे में मत सोचो सिर्फ अपने बारे में सोचो आगे बढ़ने के लिए | लोग तुम को पीछे करने की कोशिश करेंगे क्योंकि आजकल के समय में कोई भी यह नहीं चाहेगा कि सामने वाला हमसे किसी भी मामले में आगे बड़े | लोगों की मीठी मीठी बातें बाहरी रूप में आपको प्रभावित करेंगी | लेकिन अंदर से कभी भी नहीं चाहेंगे कि आप किसी भी रूप में आगे बढ़े | इसलिए उनकी घटिया बातों को नजरअंदाज करने की पूरी कोशिश करें | और आगे बढ़ने की कोशिश करें यह समाज की सोच है कि औरत को आगे बढ़ने के लिए बैसाखी की जरूरत पड़ती है | लेकिन ऐसा कुछ नहीं है औरत अपने आप में खुद एक बैसाखी होती है वे लोगों को सहारा देती है | उसको सहारे की जरूरत नहीं होती औरत खुद अपने आप में इतनी शक्तिशाली होती है | यही सोनम की कहानी लोगों के समक्ष प्रदर्शित करेगी की औरत कितनी शक्तिशाली होती है |

पावती (स्वीकृति)

जब यह कहानी मैं लिख रही थी उस समय ऐसा लग रहा था कि जैसे सारी चीजें फिर से मेरे आंखों के सामने आ रही हो | यह कहानी लिखने से पहले मैंने सोनम से पूछा था कि यह कहानी मैं लोगों के सामने ला सकती हूं | उसने साफ-साफ बोल दिया कि हां यह कहानी तुम लोगों के सामने लेकर आओ ताकि लोगों को भी पता चले कि अकेली औरत कमजोर नहीं होती है मैं आशा करती हूं कि यह कहानी लोगों के जीवन में एक अच्छी सोच लेकर आए |

आमुख

इस कहानी के अंत में मैं लेखिका मधुलिका गोयल यही आशा करती हूं कि जो भी यह किताब पढ़े उसके मन में औरतों के लिए मान सम्मान और इज्जत रहे | यह कहानी हर उस घर की औरतों की कहानी है जो आज भी पीड़ित है | लेकिन किसी से अपनी पीड़ा बता नहीं पा रही हैं इस कहानी का अंत कोई नहीं है | यह कहानी की शुरुआत है ऐसी शुरुआत जो लोगों को यह बताएगी कि आगे बढ़ने के लिए किसी भी सहारे की जरूरत औरतों को नहीं होती है | औरत को अपनी जिंदगी में सिर्फ मान और सम्मान की जरूरत होती है | इसके अलावा और कुछ भी नहीं उम्मीद करती है औरत ना ही कुछ मांगती हैं | क्योंकि मान सम्मान औरतों का दिल से किया जाता है

1

समाज की कुप्रथा से लड़की नारी

2

नमस्कार दोस्तों मेरा नाम है मधुलिका और आज मैं हाजिर हूं आप के सामने अपनी रियल लाइफ की स्टोरी ले कर तो सुरू करे | ये कहानी काफ़ी पुरानी वर्ष की है जब मैं स्कूल में हुआ करती थी | हम 5 दोस्त थे काफ़ी पक्की दोस्ती थीं हमारी | उन दिनों स्कूल का परिणाम आने वाला था सब पास हो गए थे | अब सब के दिमाग में था कॉलेज होगा मजा आएगा खुल के समय जी लेंगे | क्यूकी स्कूल में वही सब शिक्षक की बात सुन्नी पढती थी | मेरी 4 फ्रेंड्स ने गर्ल्स कॉलेज में ऐडमिशन लिया था मैंने दूसरे कॉलेज में जहां लड़के और लड़की दोनो थे | मेरी फ्रेंड्स मेरे कॉलेज कभी कभी आया करती थी | और मैं भी जाति थी उनके कॉलेज कभी कभी लाइफ काफ़ी अच्छी चल रही थी कोई नहीं बता सकता था कि आगे क्या होगा | एक दिन हम ऐसे ही साथ में सब दोस्त बैठे थे सोनम मेरी बेस्ट फ्रेंड का नाम था उसने बोला यार मेरी दीदी की शादी पक्की हो गई है | हम लोग तो बहुत खुश थे मैंने बोला यह तो बहुत खुशी की बात है तुम ऐसे उदास हो कर क्यों बोल रही हो | फिर मैंने बोला अच्छा ये बताओ शॉपिंग की तुमने सोनम बोली हो रही है शॉपिंग घर पर मुझे सोनम कुछ अजीब लग

रही थी | मैं घर गई अपने रात में मैंने सोनम को कॉल कर के बोला अब बता क्या बात है | वह बोली नहीं तो कोई बात नहीं है मैंने बोला बता न हम बेस्ट फ्रेंड्स हैं | उसने बोला मधु मेरी दीदी किसी और से प्यार करती है | मैंने बोला क्या बोल रही हो तुम्हें कुछ पता भी है कि तुम बोल क्या रही हो | मैंने बोला सोनम से जब ऐसा है तो उन्होंने ये बात घर में क्यू नहीं बोली मम्मी पापा से सोनम बोली मम्मी पापा नहीं मानेगे ये बात मैंने बोला तो फिर क्या करे तुम कुछ मत बोलना मैंने ये बात सोनम से बोली मैंने बोला तुम चुप रहो जो करना है दीदी करेंगी | फिर थोड़े दिन बाद सोनम घर आई अपनी दीदी की शादी का कार्ड देने | सोनम बोली यह लो दीदी की शादी का कार्ड मैंने बोला उनकी टेंशन मत ले अब जो होगा देखा जाएगा | सोनम की दीदी की शादी थी मैंने अपने व्हाट्सएप ग्रुप मैं फ्रेंड्स को ग्रुप में मैसेज किया सब से बोला सब रेडी थे जाने के लिए | सोनम की दीदी की शादी घर से ही हो रही थी तो मुझे ज्यादा दूर जाना भी नहीं पड़ा | सब दोस्तों ने खूब एन्जॉय किया सब खुश थे खाना खाया फोटो क्लिक करी फिर सोनम से हम लोगो ने बोला रात हो रही है घर से भी कॉल आ रही थी पापा की तो सोनम से हमने बोला कल सुबह आयगे हम लोग तुमसे मिलने | अगली सुबह उसकी दीदी की विदाई थी | हम लोग अपने अपने घर गए मेरी मम्मी बोली कैसी रही शादी उसकी दीदी की मैंने बोला अच्छी थी | फ़िर मैं सो गइ अगले दिन मम्मी ने सुबह 6 बजे उठा दिया मुझको मैं नहा के तैयार हो गई थी मैंने सब को कॉल किया सब फ्रेंड तैयार होकर सोनम के घर आ गए थे | सोनम के घर पर वेदाई का समय हो गया था सब रो रहे थे | सोनम भी रो रही थी बहुत 7 बजे तक

वेदाई हो गई उसकी दीदी की | हम लोगो ने सोनम से बोला की हम भी चलते हैं अब अपने घर मम्मी इंतजार कर रही होगी | फिर घर आई मैं आराम किया थोड़ी देर फिर कॉलेज का काम करने लगी | शादी वाला घर था वो सब हो तो चुका था वहां सब थके हुए थे वहां सोनम को 2 दिन मैंने कॉल नहीं किया दो दिन बाद सोनम की कॉल आई मेरे पास वह बोली मधु बहुत बुरा हो गया | मैं डर गई मैंने बोला क्या हुआ साफ साफ बोलो उसने बोला दीदी ससुराल से भाग गई जो भी गोल्ड था सब ले कर | पुलिस आई है घर मैंने बोला क्या मैं आ जाऊं अगर तुम को जरूरत है | तो सोनम बोली नहीं तुम मत आओ यहां पर नहीं तो यहां पर और ज्यादा समस्या हो जाएगी कहीं मेरे मम्मी पापा को यह ना लगे की तुम और मैं भी इसमें शामिल है | मैंने बोला कि तुम्हारी मम्मी पापा ऐसा क्यों सोचेंगे | मुझको तो इस बारे में कुछ पता भी नहीं है | सोनम बोली ऐसे में पुलिस को शक होता है घरवालों पर और दोस्तों पर | तुम आओगी तो पुलिस पूछेगी यह कौन है नौटंकी हो जाएगी इसलिए तुम अभी मत आओ | काफी दिनों तक पुलिस सोनम के घर के चक्कर काट रही थी | सोनम को भी उसके मम्मी पापा ने मारा था क्योंकि उनको लगता था कि सोनम को सब कुछ पता था लेकिन उसने कुछ बोला नहीं घर पर मम्मी पापा से धीरे-धीरे दिन होते गए सब ठीक होने लगा था | एक दिन सोनम की दीदी के ससुराल वाले सोनम के घर आए उन्होंने सोनम के मम्मी पापा से बोला कि आपकी बड़ी लड़की हमारी बदनामी करके घर से भाग गई है | साथ में हमारी जमा पूंजी भी ली गई है समाज में हमारी जग हंसाई हो रही है | हमारा घर से बाहर निकलना मुश्किल हो गया है | आप हमारा वह

सोना वापस कर दीजिए जो शादी के समय आपकी बड़ी लड़की को पहनाया था | सोनम के मम्मी पापा ने साफ साफ बोला कि हमारे पास पैसे नहीं है | जो भी पैसा था हमने पूरा शादी में लगा दिया | हम आपसे हाथ जोड़कर माफी मांग रहे हैं | तब उन लोगों ने बोला तो एक काम करिए आप अपनी छोटी लड़की की शादी हमारे लड़के से करवा दीजिए जिससे लोगों का मुंह भी बंद हो जाएगा और आपको कोई पैसा भी वापस नहीं करना पड़ेगा | सोनम की मम्मी पापा ने सोनम से बिना पूछे शादी के लिए हां कर दी | लड़का सोनम से 15 साल बड़ा था | सोनम को नहीं पता था कि उसकी शादी उसके ही जीजा से होने वाली है | उस समय सोनम अपने कॉलेज गई थी | सोनम को कोई भी अंदाजा नहीं था कि उसके साथ क्या होने वाला है | जब सोनम कॉलेज से आई तब उसकी मम्मी ने उसको बताया कि तुम्हारी शादी पक्की कर दी है हमने | सोनम ने बोला लड़का कौन है क्या करता है | सोनम की मम्मी ने बोला कि लड़के को तुम जानती हो | सोनम को कुछ समझ में नहीं आया उसने बोला कौन है वो | सोनम की मम्मी ने बोला कि तेरी बहन भाग गई है बदनामी से बचने के लिए तुझको उसी लड़के से शादी करनी पड़ेगी | क्योंकि वह लोग हमसे अपना पैसा वापस मांग रहे हैं और हमारे पास देने के लिए कुछ भी नहीं है | सोनम ने साफ साफ मना कर दिया सोनम बोली मुझको शादी नहीं करनी है अभी मेरी उम्र नहीं है शादी करने की | मुझको अभी पढ़ाई करनी है | सोनम की मम्मी ने बोला अब शादी तो करनी ही पड़ेगी तुमको | सोनम अब काफी डिप्रेशन में थी टेंशन में थी | वह यह बात किसी से बोल भी नहीं पा रही थी अंदर ही अंदर सोनम को यह बात खाई जा रही थी कि

मेरी शादी एक ऐसे लड़के से हो रही है जो मेरी उम्र से काफी बड़ा है | उसको अंदर ही अंदर यह लग रहा था कि मेरी बहन की गलती की सजा मुझको क्यों मिल रही है | 1 दिन की बात है मैंने सोनम को कॉल किया मैंने सोनम से बोला की कैसी हो तुम और क्या चल रहा है लाइफ में सोनम ने बोला यार मुझको तुमसे मिलना है | मैंने बोला ठीक है | दूसरे दिन कॉलेज की छुट्टी थी सोनम घर पर आई मेरे उसने मुझको सब कुछ बताया मैंने बोला वह तुम्हारा जीजा था तुम उससे शादी मत करो क्योंकि दूसरे की गलती की सजा तुम खुद को नहीं दे सकती पूरी जिंदगी | वह तुम्हारे लायक नहीं है तुम अपनी उम्र देखो और उसकी उम्र देखो तुमको अभी बहुत पढ़ाई करनी है | डॉक्टर बनना है अभी उमर नहीं है तुम्हारी शादी के लायक | मैंने सोनम को समझाया मैंने बोला की मैंने तुमको समझा दिया है आगे तुम्हारी मर्जी है | अब जैसे-जैसे दिन होते जा रहे थे सोनम के मम्मी पापा सोनम पर प्रेशर डाल रहे थे सोनम के पापा ने सोनम से बोला की शादी कर लो नहीं तो हम ट्रेन के नीचे आ जाएंगे | सोनम को हर तरफ से डराया धमकाया गया उसके मम्मी पापा ने उसको इमोशनली इतना मेंटल कर दिया था कि सोनम ने शादी के लिए हां कर दिया था | एक दिन मैं अपने कॉलेज से आकर शाम को अपना काम कर रही थी सोनम घर पर आई मेरे उसने मुझको अपनी शादी का कार्ड दिया | और बोली मैंने शादी के लिए हां कर दी है | मैंने बोला तू पागल है क्या अभी भी समय है मना कर दे शादी के लिए वह लड़का तेरे लायक नहीं है | तेरे फ्यूचर का क्या होगा तुझे तो बहुत पढ़ना था आगे बढ़ना था नौकरी करनी थी पूरी लाइफ है अभी कैसे रह पाओगी | सोनम कुछ बोल ही नहीं रही थी |

मुझको उसकी चुप्पी समझ में आ रही थी हम 4 फ्रेंड थे स्कूल टाइम में बाकी के तीन फ्रेंड को भी सोनम ने बुलाया था | और हम सब फ्रेंड्स को उसके बारे में सब पता था कोई भी हम फ्रेंड्स में खुश नहीं था | इस शादी से सब ने सोनम को समझाया था लेकिन सोनम अब कुछ बोल ही नहीं रही थी | अब शादी का वह दिन आया जब हम सब फ्रेंड उसकी शादी में गए थे | सोनम शादी के जोड़े में एक गुड़िया जैसी लग रही थी | लेकिन वह खुश नहीं थी मुझको देखकर बहुत बुरा लग रहा था कि मेरे ही सामने यह चीज हो रही है मेरी फ्रेंड के साथ लेकिन मैं कुछ बोल नहीं पा रही हूं | कुछ बोलने का मतलब भी नहीं है क्योंकि यह फैसला सोनम का था हम सब दोस्तों ने यह शादी अटेंड की उसके बाद सब लोग अपने अपने घर चले गए | दूसरे दिन सोनम की विदाई थी हम सब दोस्त सोनम की विदाई में गए थे | सोनम बहुत रो रही थी शायद इसलिए क्योंकि उसको पता था कि अब मेरी जिंदगी मेरे मां बाप ने खराब कर दी है | हम लोगों ने सोनम को गले लगाया और बोला की कोई भी समस्या हो हम लोगों से छुपाना मत बोल देना | फिर सोनम की विदाई हो गई हम लोग भी अपने अपने घर चले गए थे | काफी टाइम हो गया था मैं मेरी लाइफ में काफी बिजी हो गई थी | कॉलेज के एग्जाम शुरू होने वाले थे मेरा बीए थर्ड ईयर था | मैं उसकी तैयारी कर रही थी मेरे एग्जाम शुरू होने वाले थे | सोनम का काफी महीनों तक कॉल और मैसेज आया ही नहीं था मेरे पास मुझको यह लग रहा था कहीं सोनम ने भी और औरतों की तरह कंप्रोमाइज तो नहीं कर लिया अपनी लाइफ से | 1 दिन की बात है मेरा फिलासफी का एग्जाम था 2 दिन की छुट्टी मिली थी शाम के समय मैं थोड़ा बाहर

टहलने के लिए निकली थी | अचानक से मेरे नंबर पर एक अननोन नंबर से कॉल आ रही थी | मैंने वह कॉल कट कर दी थी क्योंकि मैं रॉन्ग नंबर उठाती नहीं हूं | वह कॉल मेरे पास 4 बार आई मैंने सोचा कि कहीं इंपॉर्टेंट कॉल तो नहीं है मैंने वह कॉल जैसे ही उठाया वह कॉल सोनम की थी | वह बहुत रो रही थी मुझको कुछ समझ नहीं आ रहा था की बात क्या हो गई है | मैंने उससे बोला इतने टाइम बाद मुझको कॉल कर रही हो सब सही तो है ना वहां सोनम लगातार रोती ही जा रही थी | मैंने बोला हुआ क्या है साफ-साफ बताओ मुझको बहुत डर लग रहा है | सोनम बोली मधुलिका मेरा रेप हुआ है | फ्रेंड्स यह बात सुनते ही मेरे पैरों के नीचे से जमीन खिसक गई | मैं 1 मिनट के लिए वहीं खड़ी रही मेरे हाथ पैर ठंडे पड़ गए थे | दूसरे दिन ही मेरा एग्जाम था मैंने सोनम से बोला की पूरी बात बताओ इतने में सोनम का कॉल कट हो गया | मैंने दोबारा उसी नंबर पर कॉल किया लेकिन अब वह नंबर बंद बता रहा था | काफी बार मैंने उस नंबर पर कॉल किया लेकिन उसका नंबर लगा ही नहीं | मैं काफी डर गई थी मुझको समझ में नहीं आ रहा था की मैं उसकी कैसे मदद करूं | मैंने यह बात घर पर अपने नहीं बताई थी | दूसरे दिन जब मैं अपनी परीक्षा देने कॉलेज गई वहां पर मेरे पूरे दिमाग में वही सब बातें चल रही थी | मैं अपना ध्यान भी केंद्रित नहीं कर पा रही थी | जैसे तैसे मैंने अपनी परीक्षा पूर्ण की कॉलेज से आने के बाद मैंने उसी नंबर पर दोबारा कॉल की अभी भी सोनम का नंबर बंद ही बता रहा था | चार-पांच दिन मैं यही सोचती रही की सोनम के साथ हुआ क्या है | चार-पांच दिन ऐसे ही बीत गए | 1 दिन की बात है मैं मेरे घर पर मेरी मम्मी से बातें कर रही थी | अचानक

से मेरे नंबर पर एक कॉल आया मैंने वह रिसीव किया। वह कॉल सोनम की थी उसने मुझसे बोला यार मैं तेरा इंतजार कर रही हूं यहां डिस्पेंसरी में तू जल्दी से आजा और अभी किसी से कुछ बोलना मत मैं सोनम से मिलने डिस्पेंसरी गई। वहां सोनम ने मुझको सब बताया उसके साथ उसके पति ने क्या-क्या किया है। वह बहुत रो रही थी मेरे आसपास के जितने भी लोग थे सब सोनम को देख रहे थे सब पूछ रहे थे हो। की बेटा यह लड़की रो क्यों रही है। मैं सब से बोल रही थी कि कुछ नहीं घर में कुछ प्रॉब्लम है इसलिए रो रही है सोनम ने मुझे बताया कि शादी की रात उसके हस्बैंड ने उसका रेप किया। उसने मुझे बताया कि उसका हस्बैंड ब्लू फिल्म देखता है और फिर वही सब सोनम के साथ करने की कोशिश करता है। शादी की रात सोने से उसने जबरन शारीरिक संबंध बनाए। वह चिल्ला चिल्ला कर घर के लोगों से हेल्प मांगती रही लेकिन किसी ने उसकी हेल्प नहीं की यह सब सुनकर मेरे पैरों के नीचे से जमीन खिसक गई। मैंने सोनम से बोला कि हम तुम्हारे पति के खिलाफ पुलिस स्टेशन में कंप्लेंट करते हैं। सोनम ने बोला अभी नहीं मैंने बोला कि तुम्हारे शरीर पर यह चोट के निशान कैसे हैं तो उसने बोला मेरे मम्मी पापा से मैंने हेल्प मांगी थी। मेरे बड़े भाई ने मुझको बहुत मारा है और यह बोला है कि तुम अपने ससुराल वापस जाओ वही तुम्हारा घर है। मैंने सोनम से बोला अभी तू मेरे घर चल तूने सुबह से कुछ खाया है सोनम बोली नहीं मैंने सुबह से कुछ नहीं खाया है। मैं सोनम को अपने घर ले कर आई उसके शरीर पर जो चोटों के निशान थे उसको देखकर मेरी मम्मी ने सोनम से बोला बेटा यह शरीर पर कैसे निशान है क्या हुआ है। मैंने बोला नहीं मम्मी सोनम गिर गई

थी इसलिए चोट आ गई | मम्मी ने सोनम को खाना दिया खाने के लिए मैंने सोनम से कहा तू अच्छे से पहले खाना खा फिर खाना खाने के बाद सोनम ने मुझसे बोला मुझको मेरे घर जाना है | मैंने बोला कौन से घर सोनम ने बोला मेरे मम्मी पापा का घर मैंने बोला वह लोग तेरे साथ अच्छा व्यवहार नहीं करेंगे अभी मत जा | सोनम बोली मैं तेरे साथ पूरी जिंदगी इस घर में नहीं रह सकती हूं मधुलिका मुझको जाना ही होगा यह लड़ाई मेरी है अब मुझको लड़नी ही होगी मैंने बोला अगर तुझको लगे की हेल्प चाहिए तो तुरंत मुझे कॉल करना सोनम बोली ठीक है | फिर सोनम मेरे घर से अपने घर के लिए चल दी तीन-चार दिन सोनम का कॉल ही नहीं आया मेरे पास मुझको काफी टेंशन हो रही थी कि वहां क्या हो रहा होगा कहीं सोनम के साथ कुछ बुरा तो नहीं हो रहा | 2 हफ्ते बाद सोनम का कॉल आया मेरे पास उसने मुझसे बोला मधुलिका तू मेरे घर मुझसे मिलने आ जल्दी मैंने बोला क्या बात है उसने बोला नहीं कॉल पर नहीं घर पर आओ तब बताऊंगी मैं डर गई थी | मैंने सोचा कि अब क्या हुआ होगा दूसरे ही दिन मैंने अपनी मम्मी से बोला कि मैं सोनम के घर जा रही हूं | मेरी मम्मी बोली कुछ तो गड़बड़ है जो तुम हमें नहीं बता रही हो वहां से आने के बाद हम से इस बारे में बात जरूर करना मैंने बोला ठीक है मम्मी | फिर मैं सोनम के घर गई मैंने सोनम से बोला बता क्या बात है | सोनम ने बोला मधुलिका मैं मां बनने वाली हूं मैंने बोला क्या यह तो बहुत अच्छी बात है | सोनम ने बोला मेरे मम्मी पापा अब मुझको मेरे ससुराल भेज रहे हैं मैंने बोला इस बारे में तुम क्या सोचती हो तो सोनम बोली अब तो यह सब हो गया है एक बार देखती हूं जाकर मैंने बोला सोच ले

एक बार उन लोगों ने तुम्हारे साथ यह व्यवहार किया है क्या वहां ऐसे में जाना सही होगा तुम्हारे लिए| सोनम बोली अब मैं स्ट्रांग हो गई हूं मैंने बोला ठीक है जो भी करना सोच समझ कर करना| फिर मैं वहां से घर आ गई मेरी मम्मी ने मुझसे पूछा क्या बात हो गई है कुछ छुपा तो नहीं रही हो| मैंने बोला नहीं फिर मैंने अपनी मम्मी को सब कुछ बता दिया| फ्रेंड्स ऐसे में कोई भी मां बाप इस मैटर से अपने बच्चे को दूर ही रखना चाहेंगे | मेरी मम्मी ने बोला कि यह रेप नहीं है सोनम का वह पति है तो यह रेप नहीं होगा| मैंने बोला नहीं ऐसा किस बुक में लिखा है कि हस्बैंड रेप नहीं कर सकता है बिना इजाजत के औरत की बिना मंजूरी से उसको छूना और जबरन हासिल करना रेप माना जाएगा| मैं यह बात बोल कर वहां से चली गई क्योंकि मुझको बहस नहीं करनी थी अपनी मम्मी से एक हफ्ते बाद सोनम का फिर से कॉल आया मेरे पास लेकिन इस बार सोनम नहीं उसके पापा का कॉल था| सोनम अंजली हॉस्पिटल में एडमिट थी मैंने उसके पापा से बोला अंकल क्या हुआ है उन्होंने बोला बेटा तुम आ जाओ सोनम से मिल लो उसको अच्छा लगेगा| मैं सोनम से मिलने अंजली हॉस्पिटल गई वहां मैंने सोनम से बोला यार क्या हुआ यह सब| उस समय वहां पर उसके पिताजी भी थे| सोनम ने मुझसे इशारा कर दिया अभी कुछ मत पूछो क्योंकि उसके पापा सामने खड़े थे| जैसे ही उसके पापा दवाई लेने के लिए बाहर चले गए मैंने सोनम से बोला अब बताओ क्या बात है| सोनम ने बोला पापा जैसे ही मुझको ससुराल में छोड़कर आए मैंने सबको बता दिया था अपनी ससुराल कि मैं प्रेग्नेंट हूं| मेरे हस्बैंड ने बोला कि यह बच्चा मेरा नहीं है यह बच्चा किसी और

का है | उसने मुझको और मेरे बच्चे को एक्सेप्ट नहीं किया उल्टा वह तो यह बोल रहा था कि यह किसी और का है और तुम मेरे सर पर यह डाल रही हो | सोनम ने अपने हस्बैंड से बोला तुमने जो उस रात मेरे साथ किया था यह उसी की निशानी है | उस दिन सोनम और उसके हस्बैंड की बहुत बड़ी लड़ाई हुई थी | रात में जब उसका हस्बैंड घर वापस आया तो सोनम के हसबैंड ने सोनम के लिए खाने की प्लेट लगाई और बोला माफ कर दो और यह खाना खा लो सोनम ने वह खाना खाया उस दिन सोनम के पिता भी सोनम से मिलने आ गए थे खाना खाने के बाद सोनम ने अपने पिता से काफी देर बात कि अचानक से सोनम को चक्कर आने लगे और सोनम जमीन पर गिर गई | सोनम के पिता जी सोनम को हॉस्पिटल लेकर गए वहां डॉक्टर ने बताया कि आपकी बेटी ने जो खाना खाया था उसमें जहर मिला हुआ था अगर आप सही समय पर इसको हॉस्पिटल ना लाते तो आज यह जिंदा नहीं होती | मैंने सोनम से बोला कि अब तो तुम्हारे पिताजी कोई ना कोई फैसला लेंगे तेरे ससुराल वालों के लिए | सोनम ने साफ बोल दिया कि नहीं अभी भी उन्होंने यह बोला है कि थोड़ा बहुत कंप्रोमाइज करना चाहिए तुमको भी | मैंने बोला कि भगवान तेरे पापा है या दुश्मन ऐसा तो कोई दुश्मन के साथ भी नहीं करता है | सोनम बोली कि हो सकता है पापा को यह लग रहा है कि इस बच्चे का क्या होगा मेरी बेटी का क्या होगा समाज क्या बोलेगा | मैंने बोला कि जब तुमको प्रॉब्लम थी तब समाज नहीं आया था तेरे पास तेरे दुखों का रीजन जानने के लिए समाज को नहीं रहना तुम्हारे साथ सोनम बोली अब देख मधुलिका मैं क्या करती हूं | एक या दो दिन बाद सोनम मेरे पास

आई और बोली एक काम है मेरे साथ चलो मैंने बोला कहा उसने बोला रास्ते में सब बता दूंगी चलो एक बार | सोनम मेरे साथ पुलिस स्टेशन गई उसने अपने पति के खिलाफ फिजिकल वायलेंस का और दहेज का केस कर दिया और पुलिस को यह भी बताया कि उसके पति ने उसके साथ क्या-क्या किया है | पुलिस ने उसके पति को पकड़ लिया काफी दिनों तक वह आदमी जेल में रहा फिर उसके परिवार ने उसको जेल से छुड़वा लिया | सोनम अब अपने ही घर में रह रही नहीं ठीक 9 महीने बाद उसने एक सुंदर सी बेटी को जन्म दिया | हम सब फ्रेंड्स उसकी बेटी को देखने गए थे सोनम अपनी बेटी से बहुत प्यार करती थी क्योंकि कहीं ना कहीं उसको भी यह लगता था कि इसमें इस बच्ची का कोई दोष नहीं है यह तो मासूम है | जैसे-जैसे टाइम होता गया सोनम की लड़की बड़ी होती गई अब सोनम को यह टेंशन हो रही थी कि उसकी पढ़ाई का खर्च वह कैसे उठाएं | सोनम ने बाहर निकल कर जॉब करने के बारे में सोचा अपने पैरों पर खड़े होने के बारे में सोचा यह बात उसने मुझे बताई तो मुझे बहुत खुशी हुई | सोनम ने जॉब के लिए काफी जगह अप्लाई किया लेकिन उसकी एजुकेशन के हिसाब से उसको जॉब नहीं मिल रही थी | फिर भी उसने कोशिश जारी रखी अब उसने घर पर ही छोटे बच्चों को कोचिंग पढ़ाना शुरू कर दिया | उससे जो भी पैसा आता था वह अपनी बेटी के लिए इकट्ठा कर रही थी अब उन्हीं पैसों से उसने अपनी बेटी का एडमिशन काफी अच्छे स्कूल में करवा दिया था | सीबीएसई से उसकी बेटी पढ़ाई कर रही थी | अब सोनम को जिंदगी जीने का एक मकसद मिल गया था वह थी उसकी बेटी लेकिन अभी भी सोनम का स्ट्रगल खत्म नहीं हुआ था | जब

भी वह घर से बाहर निकलती थी लोग उससे पूछते थे तुम्हारा तलाक हो गया है | जब भी वह अपने घर से निकलती थी गली मोहल्ले के लोग उससे एक ही प्रश्न करते थे तलाक का क्या हुआ तुम्हारा तलाक हुआ कि नहीं हुआ | क्या हुआ था जो तलाक हो रहा है हमको भी बताओ बहुत गलत हुआ तुम्हारे साथ | यह सवाल उससे पूछ कर पीठ पीछे उसका मजाक बनाते थे और बोलते थे इसकी ही गलती होगी | जब भी सोनम अच्छे कपड़े पहन कर घर से बाहर निकलती थी लोग यही बोलते थे तलाक होने वाला है मां बाप के घर पर बैठकर मां बाप पर बोझ बन गई है | बच्चा भी हो गया है और मैडम को देखो अपने फैशन से फुर्सत ही नहीं मिल रही है कैसी लड़की है तलाक हो गया या होने वाला है फिर भी देखो इसके नचाल चरण कैसे है | मोहल्ले में खुलेआम घूम रही है लोगों की इतनी गंदी गंदी बातें सुनकर सोनम ने खुद को अब संभाला सीख लिया था | वह समझ चुकी थी कि समाज में अगर जीना है तो जैसे मैं जी रही हूं वैसे ही जीना पड़ेगा मुझको सबकी बातें इग्नोर करनी होगी | तभी मैं आगे बढ़ पाऊंगी अब धीरे-धीरे सोनम आगे बढ़ती जा रही थी | वह बच्चों को ट्यूशन पढ़ा पढ़ा कर अपना खर्चा चला रही थी | उसके साथ ही वह काफी जगह जॉब के लिए इंटरव्यू भी दे रही थी | सोनम की शादी से पहले सोनम की लाइफ में एक लड़का था | सोनम और वह लड़का काफी अच्छे दोस्त थे | सोनम के घर में उस लड़के के बारे में सबको पता था | सोनम का वह दोस्त कहीं ना कहीं सोनम को पसंद भी बहुत करता था लेकिन कभी बोलने की हिम्मत नहीं हुई कहीं ना कहीं सोनम भी उसको पसंद करती थी | सोनम ने मुझको यह बहुत पहले बताई थी कि मधुलिका मेरी

लाइफ में एक लड़का है |

• 15 •

Enter Caption

मैंने बोला कौन है मैं जानती हूं क्या उसको उसने बोला हां तुम जानती हो उसको मैंने बोला कौन है वह खुशनसीब मुझको उसने फिर याद दिलाया कि यार तुमको याद है कॉलेज के टाइम पर मैंने तुमको एक लड़की से मिलवाया था | मुझको याद नहीं आ रहा था मैंने बोला कौन उसने बोला अरे वही लड़का जिसको मैंने मिलवाने के लिए मॉल में बुलाया था | मैंने बोला हां याद आया सोनम बोल वही है मैंने बोला लड़का तो अच्छा है तो सोनम बोली हां व्यवहार में अच्छा है | मेरे घर में सब लोग उसको जानते हैं लेकिन कोई पसंद नहीं करता है | मैंने बोला क्यों ऐसा क्यों है तुम्हारे घर वाले तो किसी को भी पसंद नहीं करते हैं और जिसको भी पसंद करते हैं ऐसा पसंद करते हैं कि सामने वाले की जिंदगी बर्बाद कर देते हैं | सोनम बोली यह बात तो मुझको नहीं पता कि मेरी मम्मी पापा उसको पसंद क्यों नहीं करते हैं लेकिन इतना याद है कि बहुत पहले की बात है |वह अपने मम्मी पापा के साथ एक बार मेरे घर आया था | उसके बाद से मेरे मम्मी पापा को पता नहीं क्या हुआ उन्होंने उसको नापसंद करना शुरू कर दिया | मैंने सोनम से बोला कि अब क्या करना है घर में बताना है | तो उसने बोला हां मैं बताऊंगी अगर मुझको कोई अपने मन से पसंद कर रहा है और मैं भी पसंद करती हूं तो यह बात मैं घर में बताऊंगी | सोनम ने मुझसे यह बोला कि मधुलिका एक बात और है | मेरे मम्मी पापा उसको इसलिए और पसंद नहीं करते हैं क्योंकि वह मेरी दीदी को भी जानता था और साथ में हमारे रिश्तेदारी में भी है इसलिए मेरे मम्मी पापा को वह ज्यादा पसंद नहीं है लेकिन फिर भी मैंने सोच लिया है |जो इंसान मुझे और मेरी बेटी को

पसंद करता है मैं उसके साथ रहूंगी | मैंने सोनम से बोला कि तेरे बारे में सब कुछ पता है ना उसको कि तेरी एक बेटी भी है | सोनम बोली हां उसको मेरे बारे में सब पता है आज तक मेरे साथ जो कुछ भी हुआ उसके बारे में उसको सारी जानकारी है | फिर भी वह मुझ को अपनाना चाहता है | मैंने बोला यह तो बहुत अच्छी बात है तुझे भी उसका साथ देना चाहिए ऐसे इंसान आजकल दुनिया में बहुत कम होते हैं | नहीं तो आजकल लोग तो सामने वाले का फायदा कैसे उठाएं यही सोचते रहते हैं | सोनम बोली कि मुझको नहीं पता कि आगे क्या होगा लेकिन मैं अपने मन की बात अपने मम्मी पापा के सामने जरूर रखूंगी | मैंने बोला हां तुझे रखना भी चाहिए उस दिन सोनम से मेरी इतनी ही बात हुई फिर मैंने उससे बोला घर से कॉल आ रहा है मेरी मम्मी का अब मुझे चलना चाहिए | सोनम से अलविदा बोल कर मैं अपने घर आ गई | अब मैं थोड़ा अपने पढ़ाई में भी व्यस्त हो गई थी | मेरी मम्मी ने मुझे समझाया कि बेटा थोड़ा अपने ऊपर भी ध्यान दो तुम्हें अपने फ्यूचर के बारे में सोचना चाहिए कि तुमको आगे चलकर करना क्या है | अपने पैरों पर खड़े हो तुम्हारे आसपास के लोगों की हालत देखी रही हो ऐसे में हर लड़की को अपने पैरों पर खड़ा होना बहुत जरूरी है | मैंने अपनी मम्मी से बोला मैं जानती हूं आप किसके बारे में बात कर रही हैं | मम्मी ने कहा कि जानती हो तो अपने बारे में सोचो अपने पैरों पर खड़े हो | मुझको उस समय मम्मी की बात काफी हद तक सही लगी क्योंकि हर लड़की को अपने पैरों पर खड़ा होना आजकल के समय में हद से ज्यादा जरूरी है | अब मैंने भी अपने बारे में सोचना शुरू कर दिया था सोनम की हालत देखकर मैंने यह तो मन में सोच लिया था कि मैं अपने पैरों पर खड़ी होंगी | अपने पैरों पर खड़े होने के लिए औरत या लड़की को किसी भी मर्द की जरूरत नहीं होती है

वह खुद इतनी सक्षम होती है कि अपने पैरों पर खड़ी हो जाए | सोनम भी अपने पैरों पर ही खड़ी हुई थी और मैं भी अपनी पढ़ाई पर हद से ज्यादा ध्यान देने लगी थी | एक बार की बात है सोनम मुझसे मिलने मेरे घर पर आई उसने मुझसे बोला कि मधुलिका अब घर में मेरी और बुरे हालात हो गए हैं | एक तो मेरी बेटी है जिसको मैं पढ़ाने भेजती हूं और दूसरी तरफ मेरे भाई की दोनों बेटियां हैं | मेरी भाभी का मेरी तरफ नेचर ही कुछ अलग हो गया है | मुझको नहीं पता यह सब मेरे साथ क्यों हो रहा है | मेरी मम्मी भी मुझसे प्यार नहीं करती है और ना ही मेरी बेटी से प्यार करती है | सोनम ने बोला पहले तो मेरी जब बड़ी बहन भागी घर से तो मेरी मम्मी उसको गालियां देती थी उससे नफरत करती थी | आज यह समय आ गया है कि मेरी मम्मी मेरी बड़ी बहन से फोन पर बात करती है | वह उसको बहुत याद करती है उससे प्यार से बात करती है और मेरी तरफ देखती तक नहीं है | उनको शायद मुझसे हद से ज्यादा नफरत हो गई है मुझको तो समझ में ही नहीं आ रहा है कि सहन मैंने किया जिंदगी मेरी बर्बाद हुई | लेकिन मेरी मम्मी मुझसे इतनी नफरत क्यों करती हैं | मैंने बोला कि उनको छोड़ो तुम अपना देखो तुम्हें अपनी जिंदगी देखनी है कुछ करना है आगे बढ़ना है | सोनम बोली कि यार कभी-कभी यह सब देखकर और सुनकर मैं डिप्रेशन में चली जाती हूं | मुझको समझ में ही नहीं आता है कि यह मेरे मां-बाप है दुनिया में अगर बच्चा सबसे ज्यादा सबसे ज्यादा किसी पर यकीन करता है तो वह होते हैं उसके मां बाप | सोनम यह बात बताते रोने लगी थी उसकी आंखों में आंसू आ गई थी | मैंने बोला कि अगर इस समय रोए तो अपने आप को कभी भी संभाल नहीं पाओगी | सोनम बोली कि रोना इस बात पर आ रहा है कि मुझे यह लग रहा था कि मेरे साथ यह सब हुआ है तो मेरे मां-बाप मुझे समझेंगे मेरा

साथ देंगे अब तो मेरी बेटी भी हो गई है मुझको नहीं तो कम से कम

Enter Caption

मेरी बेटी से तो प्यार कर सकती है मूल से ज्यादा ब्याज प्यारा होता है | लेकिन नहीं उससे भी वह प्यार नहीं करती है | अभी थोड़े दिन पहले मैंने अपनी बेटी का जन्मदिन बनाया

था किसी को भी नहीं बुलाया था सिर्फ फैमिली के ही लोग थे | मेरी बेटी मेरी मम्मी को बुलाने के लिए उनके पास कई और बोला नानी चलो केक काटने मेरी मम्मी ने उसको डांट कर वहां से भगा दिया | अब सोच मधुलिका जब उसी के सामने मेरे बड़े भाई के बच्चों को मेरी मां प्यार करती है और उसको प्यार नहीं करती है तो कई तरह के सवाल तो उसके भी मन में उठते होंगे अभी वह बच्ची है नासमझ है लेकिन हरदम तो वैसी नहीं रहेगी ना कभी ना कभी उसके अंदर भी समझदारी आएगी | फिर मैंने सोनम को समझाया कि यार अगर ऐसा ही है तो अपनी बेटी को थोड़ा अपनी मम्मी से दूर रखा कर सोनम बोले कि हां यार मैं ऐसा ही करती हूं | अब मैं अपनी बेटी को ऊपर वाले कमरे में जाने ही नहीं देती | तब मैंने पूछा ऊपर वाले कमरे में तुम्हारा अलग से कमरा है क्या | तो उसने कहा यार नीचे एक कमरा बना था मैं और मेरी बेटी उसमें ही रह रहे हैं | मैंने बोला कि यार वह तो बहुत छोटा कमरा है उसने बोला कि हां मैं अभी उसी में ही रह रही हूं और एक बात बताऊं तुमको उस कमरे का किराया मेरी मां लेती है | यह सुनकर मैं सोनम की तरफ देखते ही रह गई मैंने कहा कि यार कौन ऐसी मां होती है जो अपने बच्चे से किराया लेती है घर में रहने के लिए | सोनम बोली कि यार ऐसा ही है वह मुझसे हर महीने टाइम से किराया लेने आ जाते हैं | वह तो मैं कोचिंग पढ़ा रही हूं बच्चों को तो कहीं ना कहीं से किराया निकल ही आता है और साथ में बाहर भी स्कूल में पढ़ाने जाती हूं तो उससे जो पैसा आता है वह घर के खर्चे में और मेरी बेटी की पढ़ाई में लग जाता है | मैंने बोला कि यार अब तुम अपने पैरों पर खड़ी हो अब तुम्हें किसी चीज की चिंता करने की जरूरत नहीं है | तुम किसी के ऊपर इंडिपेंडेंट नहीं हो तुम खुद के पैरों पर खड़ी हो | सोनम बोली हां यार यह तो बात सही है | मैंने बोला टेंशन क्यों

लेती हो सब सही हो जाएगा उसने बोला यार बोलना बहुत आसान है टेंशन मत लो सब सही हो जाएगा लेकिन ऐसा कुछ नहीं है टेंशन तो होती है | सोनम बोली यार जिस लड़के को मैं पसंद करती हूं और जो मुझे पसंद करता है लड़का उसका नाम कपिल है | वह मेरी बेटी से बहुत प्यार करता है कभी कभी मेरी बेटी के स्कूल की फीस भी वही देता है | मेरी बेटी भी उससे प्यार करते हैं | मेरी बेटी सिर्फ 6 साल की है और उसमें आज इतनी समझदारी है कि मैं तुमको बता नहीं सकती हूं | अगर कभी-कभी खाने के साथ या रोटी के साथ सब्जी नहीं हो पाती है तो वह सूखी रोटी ही खा लेते हैं | मैं उसको जब भी कुछ दिलाती हूं तो मुझे मना कर देती है कि मम्मी मुझे नहीं चाहिए कुछ भी | सोनम मुझसे बोली कि यार जैसे और नॉर्मल बच्चे होते हैं कि अपने मम्मी पापा से खिलौनों की खाने-पीने की जिद्दी करते हैं इसमें वैसी आदत नहीं है | इसे कहीं पर भी घुमाने ले जाती हूं यह मुझसे कभी भी जिद्दी करके नहीं बोलती कि मम्मी मुझको यह चीज चाहिए सीधे जाती है और सीधे आ जाती है कुछ बोलती ही नहीं है | तब मैंने सोनम को समझाया कि इसको खूब प्यार किया कर | और जहां तक हो सके इस को खुश रखने की कोशिश किया कर उसकी जो भी विश है उसको पूरा करने की कोशिश किया कर | अभी छोटी है बचपन है बचपन कभी लौट कर वापस नहीं आता है | वह बचपन ही इससे छिन गया तो यह बहुत जल्दी बड़ी हो जाएगी और बच्चा जितना जल्दी बड़ा हो जाता है उतनी ज्यादा उसमें समझदारी आती है और अभी तो यह बहुत छोटी है | इतनी सारी बातें होने के बाद मेरी मम्मी मेरे कमरे में आई और सोनम से बोली बेटा सही हो घर पर सब कुछ सही चल रहा है कि नहीं तब सोनम बोली कि हां आंटी सब कुछ सही चल रहा है | मेरी मम्मी ने सोनम से पूछा और तुम्हारी बेटी कैसी है सोनम

बोली हां आंटी जी वह भी सही है | थोड़ी देर बाद सोनम बोली कि मधुलिका अब मुझे घर चलना चाहिए काफी देर हो गई है मैंने बोला कि हां तुम चलो मैं बाद में बात करती हूं | सोनम जैसे ही अपने घर गई मेरी मम्मी ने मुझसे पूछताछ शुरू कर दी | मेरी मम्मी ने बोला कि सोनम काफी चेंज चेंज सी लग रही थी क्या बात है क्या हुआ है |अबकी बार तुम क्या छुपा रही हो हमसे मैंने मम्मी से तुरंत बोला नहीं अब मैं तुमसे कुछ नहीं छुपा रही हूं अब तुमको मैं यह बताऊंगी कि सोनम अपने पैरों पर खड़ी हुई है | अब उसको किसी की जरूरत नहीं है किसी के सहारे की जरूरत नहीं है | मेरी मम्मी ने बोला यह तो बहुत अच्छी बात है हर लड़की को ऐसा ही होनी चाहिए मैंने बोला ऐसी नहीं थी वह पहले लोगों ने और समाज ने उसे इस तरह का बना दिया है | यह बोलकर मैं अपने कमरे में आ गई और पढ़ाई करने लगी | दूसरे दिन मेरा कॉलेज था मैं अपने कॉलेज चली गई थी उस समय मैं पॉलिटेक्निक कर रही थी | क्लासेस पूरी होने के बाद मैं अपने घर आई मैंने बोला कि मेरा कल टेस्ट है | मेरी मम्मी ने कहा कि अब फोन को किनारे रख देना और पूरा ध्यान सिर्फ अपने टेस्ट पर लगाना | उस दिन मैंने अपना फोन स्विच ऑफ कर दिया था और मैं अपनी परीक्षा की तैयारी करने लगी थी दूसरे दिन मेरी परीक्षार्थी थी परीक्षा में मैं काफी अच्छे नंबरों से पास हो गई थी उस दिन मैं बहुत खुश थी | खुशी खुशी में मैंने सोनम को फोन किया यह बात बताने के लिए | लेकिन उसका नंबर स्विच ऑफ बता रहा था मैंने यह सोचा कि हो सकता है कि उसने अपना फोन चार्ज नहीं किया हो | मेरी मम्मी ने बोला किस को फोन कर रही हो मैंने बोला सोनम को बताने के लिए की मैं अच्छे नंबरों से पास हो गई हूं | मम्मी ने कहा जरूरत नहीं है वह अब बिजी होगी बार-बार उसको परेशान मत किया करो | अब उसकी भी जिंदगी काफी आगे बढ़ चुकी

है और बिजी हो चुकी है | मैंने बोला ठीक है 2 महीने हो गए सोनम का कोई भी कॉल या मैसेज नहीं आ रहा था | मैं भी अपने काम में बिजी हो गई थी उसके घर पर जा ही नहीं पा रही थी उससे मिलने के लिए | थोड़े दिन बाद उसका फोन आया की कैसी हो मधुलिका मैंने बोला मैं तो ठीक हूं तुम कैसी हो काफी दिन हो गए तुमने कोई भी मैसेज या कॉल नहीं किया | उसने कहा कि हां थोड़ा बिजी हो गई थी मैं | उसने बोला कि ऐसे तो कभी भी इतने साल में मेरी बहन का फोन नहीं आया लेकिन अब मेरी बहन ने मुझे फोन किया और वह भी हाल-चाल लेने के लिए नहीं यह बताने के लिए कि मेरी बेटी फर्स्ट डिवीजन से पास हुई है | मैंने बोला यह तो बहुत अच्छी बात है तो सोनम बोलो कि मैंने भी अपनी बड़ी बहन से यही बोला कि यह तो बहुत अच्छी बात है | तो मेरी बड़ी बहन ने बोला हां यह तो है ही और तुम्हारी बेटी कैसी है | सोनम बोली हां मेरी बेटी भी अच्छी है | सोनम की बहन बोली कि मेरी बेटी तो सी.बी.एस.सी से पढ़ रही है | तुम्हारी बेटी तो हिंदी मीडियम में पढ़ रही होगी | सोनम बोली नहीं मेरी बेटी सीबीएसई से पढ़ रही है वह भी केंद्र विद्यालय स्कूल में है और फर्स्ट डिवीजन से पास हुई है अपनी पूरी क्लास में | सोनम की बहन बोली और तो सब कुछ सही है ना घर में सोनम बोली मुझसे क्यों यह पूछा रही हो तुम्हारी तो मम्मी से बात होती ही रहती है रोज उन्होंने नहीं बताया तुमको कुछ भी | सोनम की बहन बोली हां बात तो होती रहती है अब तुम मम्मी पापा का ध्यान नहीं रखती हो तो मैं ही बातचीत करके उनके हालचाल ले लेती हूं | यह सब सुनकर सोनम ने अपनी बड़ी बहन से बोला आज जो कुछ भी हो रहा है तुम्हारी वजह से तो हो रहा है | भागी तुम प्यार तुमने किया और तुम्हारा किया हुआ आज मैं भुगत रही हूं | आज इस हालत की जिम्मेदार सिर्फ तुम ही हो सोनम की

बहन ने बोला वह बात की बात थी उन बातों को अब क्यों ला रही हो बीच में सोनम ने बोला कि मैं इसलिए बीच में ला रही हूं क्योंकि आज मेरी ही मम्मी बात चीत मुझसे नहीं करती है | उनको यह लगता है कि यह सब कुछ जो हो रहा है वह मेरी वजह से हो रहा है | तुम जब भागी थी तो भागने में मैंने तुम्हारी मदद करी थी उनको यह लग रहा है इसलिए वह मुझसे बातचीत नहीं करती है और मेरी किस्मत तो देखो भागी तुम भुगतना मैं कर रही हूं और मम्मी से बातचीत तुम्हारी हो रही है | सोनम की बहन ने बोला यह तो किस्मत किस्मत की बात है सोनम ने बोला तुमको यह बात बोलने में शर्म भी नहीं आ रही है | सोनम की बड़ी बहन ने बोला शर्म किस चीज की जो हुआ सो हुआ अब तुम भी आगे बढ़ रही हो और मैं भी आगे बढ़ चुकी हूं | फिलहाल यह सब बातचीत करने के लिए मैंने कॉल नहीं किया था | चलो अब मैं फोन रख रही हूं बाय यह बोलकर सोनम की बड़ी बहन ने फोन कट कर दिया | सोनम ने मुझसे बोला मधुलिका उस समय मुझको इतना गुस्सा आया कि मैं बता भी नहीं सकती हूं | मुझको उस समय यह लग रहा था कि लोग किस तरह के होते हैं ऐसा तो कोई अपना भी नहीं करता | इस हद तक किसी की बहन कभी गिर ही नहीं सकती है उस हद तक मेरी बड़ी बहन गिर चुकी है | लेकिन मैं अब भरोसा किसी पर नहीं करती हूं क्योंकि अपना ही धोखा देता है बाहर का तो यह हो जाता है कि वह बाहर वाला है | फिर मैंने सोनम से बोला कि यह सब तो बात ठीक है लेकिन तुमने एक बात पर ध्यान दिया सोनम बोली किस बात पर मैंने बोला तुम्हारी बड़ी बहन ने तुमसे यह बोला था कि उसको तुम्हारी मम्मी से कुछ जरूरी बात करनी है | सोनम बोली हां बोला तो था उसने फिर मैंने बोला कि कहीं कुछ और गड़बड़ तो नहीं होने वाली है | सोनम ने बोला नहीं ऐसी तो कोई बात नहीं है | मैं

और सोनम बात ही कर रहे थे इतने में सोनम की मम्मी का फोन आ गया और वह फोन पर सोनम से चिल्ला चिल्ला के बोल रही थी घर कब आओगी तुम्हारी बेटी का ध्यान हम नहीं रखेंगे तुम जानो और वह जाने इतना बोल कर सोनम की मम्मी ने फोन रख दिया | मुझको सब कुछ सुनाई दे रहा था मैंने बोला यार तेरी मम्मी है या कोई और है सोनम बोले ऐसा ही है अब तो तुमने भी सुन लिया है | मैंने बोला जाकर देखो तो क्या बात है सोनम ने बोला हां मैं घर जा रही हूं जैसा होगा तुमको फोन पर बताऊंगी मैंने कहा अगर किसी चीज की जरूरत हो तो मुझे जरूर बता देना सोनम बोली ठीक है | शाम को सोनम का मेरे पास कॉल आया और वह बोली यार जब से मैं घर आई हूं मेरी मम्मी मुझसे बहुत प्यार से बात कर रहे हैं | मुझको खाना देने आई थी मेरे कमरे में और बोल रही थी कि खाना खा लो आज तुम्हारे पसंद का खाना बनाया है | 1 मिनट के लिए मैं सोचती ही रह गई मम्मी को हुआ क्या है कहीं ऐसा तो नहीं है कि मेरी मम्मी को यह समझ में आ गया हो कि उन्होंने मेरे साथ बहुत गलत व्यवहार किया है | क्या पता मम्मी हमसे प्यार करने लगे मेरी बेटी से प्यार करने लगे उस समय मैं यही सोच रही थी | सोनम ने यह बात मुझको जब बताई तब मैंने सोनम से बोला यार क्या पता आंटी सही हो गई हो | अब उनका नेचर तुम्हारी और तुम्हारी बेटी के लिए अच्छा हो जाए | सोनम कह रही थी भगवान करे ऐसा ही हो | यह बोलकर सोनम ने बोला मधुलिका आज मैं बहुत खुश हूं मैंने सोचा यह खुशी तुझ से बांट लू मेरे सबसे करीब इस समय तुम ही हो | मैंने बोला चलो सही है यार तुम खुश ही रहो जब तुम खुश होती हो तो मुझे बहुत अच्छा लगता है | यह बोलकर मैंने बोला चलो अब मैं फोन रखती हूं क्योंकि मैं अपनी पढ़ाई कर रही हूं | सोनम ने बोला कि चल ठीक है अब तुम पढ़ाई करो और मैं

अपनी बेटी को होमवर्क करवाने जा रही हूं | मैंने बोला ठीक है | यह बोलकर हम दोनों ने फोन कट कर दिया | उस दिन रात में मैं बहुत खुश थी कि चलो अब तो सोनम के साथ कुछ अच्छा हो रहा है | सुबह होते ही यह बात मैंने अपनी मम्मी को बताएं मेरी मम्मी ने बोला चलो सही है वह एक मां है अपने बच्चे से ज्यादा दिन तक नाराज नहीं रह सकती है | मैंने बोला कि इसमें नाराजगी की क्या बात है गलती भी तो उसके मां-बाप की ही है | गलती बड़ी बेटी ने की और सजा छोटी वाली को मिली | सोनम की उम्र से दोगुना ज्यादा उम्र थी उस लड़के की जिससे उसकी मम्मी ने शादी करी सोनम की | तब मेरी मम्मी ने बोला की हो सकता है अब उसकी मम्मी को थोड़ी सी अकल आ गई हो | यह बोलकर मेरी मम्मी वहां से चली गई अब मैं भी अपना काम करने लगी | सब कुछ सही चल रहा था मैं मेरी दोनों बहनों के साथ दूसरे दिन शॉपिंग करने गई थी वहां से मैंने काफी सारे कपड़े खरीदें फिर मैं घर पर आई | सब कुछ बहुत अच्छे से चल रहा था थोड़े दिन बाद सोनम का मेरे पास कॉल आया और वह बोली यार मुझे तुझसे कुछ जरूरी बात करना है | मैंने बोला कि यार अभी मैं थोड़ी बिजी हूं मैं तुझसे बाद में बात करूंगी | सोनम ने कहा ठीक है जैसे ही फ्री होना तो मुझसे बात करना मैंने कहा ठीक है | मम्मी ने मेरी बोला किसका कॉल था मैंने कहा सोनम का मम्मी ने कहाबार-बार सोनम का ही कॉल आता है और तुम परेशान हो जाती हो थोड़ा दूरी बनाओ मैंने कहा अभी उसको मेरी जरूरत है | अभी उसके आसपास कोई भी नहीं है फैमिली ने भी उसका साथ छोड़ दिया है | मैं उसके साथ ऐसा नहीं कर सकती हूं दोस्त है वह मेरी अगर मैंने भी और लोगों की तरह उसके साथ वैसा ही व्यवहार करना शुरू कर दिया तो और लोगों में और मुझ में क्या फर्क रह जाएगा | यह बात बोल कर मैं वहां से चली गई

2 दिन अपने काम में मैं इतनी बिजी हो गई कि मुझको याद ही नहीं था कि 2 दिन पहले सोनम का मेरे पास कॉल आया था | अचानक से मैं अपने फोन में कुछ काम कर रही थी मैंने सोनम का कॉल देखा तब मुझको याद आया कि सोनम का 2 दिन पहले कॉल आया था | मैंने तुरंत कॉल किया मैंने कहा क्या बात हो गई थी सॉरी यार मैं तुमको कॉल नहीं कर पाई तो सोनम बोली कि यार कोई बात नहीं मुझको तुमसे बात करनी थी कुछ तुमको कुछ बताना था | मैंने बोला कि क्या हो गया सोनम बोली उस दिन तुम बोल रही थी ना कि कुछ गड़बड़ होने वाली है जिस दिन मेरी बहन का कॉल आया था | मैंने बोला हां तो सोनम बोली कि मेरी बड़ी बहन ने मेरी मम्मी से बात की थी मेरी बड़ी बहन ने मेरे लिए एक लड़का देखा है शादी के लिए उसी के बारे में उसने मेरी मम्मी से बात की थी | तब मैंने सोनम से बोला कि अब मुझे समझ में आया तुम्हारी मम्मी तुमसे इतना प्यार से बात क्यों कर रही थी | सोनम ने बोला कि बाकी की बातें मैं तुमको फोन पर नहीं बता पाऊंगी | तुम तुम्हारे पास जब भी टाइम हो तुम मुझसे मिलने के लिए घर आ जाना या मुझको बता देना मैं खुद तुमसे मिलने तुम्हारे घर आ जाऊंगी | मैंने कहा नहीं मैं खुद तुम्हारे घर आ जाऊंगी | सोनम ने बोला ठीक है | अब मेरी मम्मी को थोड़ा गुस्सा आने लगा था मैंने मम्मी को कुछ बताया नहीं था क्योंकि अगर मैं मम्मी को यह बता देती कि मैं सोनम से मिलने उसके घर जा रही हूं तो क्या पता मेरी मम्मी जाने ही नहीं देते इसलिए मैंने अपनी मम्मी से बोला ही नहीं दूसरे दिन मैंने अपनी मम्मी से कहा कि मैं स्कूल की एक फ्रेंड है कोमल थोड़ी उसकी तबीयत खराब है उससे मिलने के लिए जा रही हूं | तब मेरी मम्मी ने कहा कि जल्दी आ जाना मैंने कहा ठीक है | मैं उस दिन सोनम से मिलने सोनम उसके घर गई मैंने सोनम से बोला क्या हुआ सोनम

बोली कि मेरे लिए एक लड़का देखा है मेरी बड़ी बहन ने वह लड़का नहीं आदमी है 52 साल का है | उसका बहुत बड़ा बेटा है मैंने सोनम से बोला तुम पागल हो गई हो क्या | तुम से 2 गुना 3 गुना बड़े आदमी से तुम शादी कर रही हो बुड्ढा है वह सोनम ने बोला कि देखो तो एक तो मेरी जिंदगी पहले से ही बर्बाद हो गई थी | दोबारा मेरी जिंदगी बर्बाद करने के लिए मेरी मम्मी और मेरी बड़ी बहन दोनों तैयार है | मैंने बोला कि अब तुम्हें क्या करना है सोनम बोली मैं किसी कीमत पर शादी नहीं करूंगी | अब मैं अपनी जिंदगी बर्बाद नहीं करने वाली मैंने बोला हे भगवान कैसे कैसे लोग हैं इस दुनिया में सोनम बोली मधुलिका देखा तुमने तभी मेरी मम्मी मुझसे इतना प्यार से बात कर रही थी | वह फिर से तैयार है मुझको कुएं के अंदर धकेलने के लिए | मैंने बोला कि अब अपना दिमाग यूज करो और सिर्फ अपने ऊपर फोकस करो | सोनम बोली अब मैं अपने और कपिल के बारे में सब कुछ बता दूंगी घर में मैंने कहा सही है | मैंने कहा माने तो माने मम्मी पापा नहीं तो तुम शादी कर लेना मंदिर में भगवान का आशीर्वाद लेकर शादी कर लेना | नहीं तो यह लोग तुम्हें किसी भी बुड्ढे या रोड में चलते आदमी के साथ बांध देंगे | सोच लो तुम अकेली हो तो बात अलग है तुम्हारी बेटी है साथ में मैंने बोला अब देरी मत करना जितना जल्दी हो सके सारी बातें बोल देना घर पर सोनम बोली अब मैं इंतजार नहीं करूंगी बहुत हो गया अब मैं सिर्फ अपने और अपनी बेटी के बारे में सोचूंगी | मैंने बोला कि यह सब तो तुमको पहले ही सोच लेनाचाहिए था | सोनम ने बोला सोचा था लेकिन चुप थी सोच रही थी कि बड़ों के आशीर्वाद से हमारी शादी हो लेकिन अब लग रहा है कि सिर्फ अपने ही बारे में सोचूंगी | मैंने सोनम से बोला जितना जल्दी हो सके शादी कर लो सोनम बोली हां यार | फिर मैंने सोनम से बोला चलो मैं घर जा रही हूं तुम आराम

से थोड़ा सोच समझ लो सोनम ने कहा हां यार |

Enter Caption

मैंने घर मे मम्मी को कुछ बताया ही नहीं मम्मी समझ
तो गई थी कि कुछ तो गड़बड़ है | फिर मम्मी ने मुझसे
आराम से पूछा कि हमको तुम बताओ या ना बताओ
लेकिन हम को यह पता है तुम सोनम के घर गई थी
मैंने बोला हां मैं गई थी | फिर मेरी मम्मी ने बोला यह
बताओ सोनम का तलाक हो गया है मैंने बोला अभी
नहीं तो मेरी मम्मी ने बोला अगर उसका तलाक नहीं
हुआ है तो वह शादी कैसे कर सकती है | अगर उसने
ऐसे मे शादी कर ली तो पुलिस केस हो सकता है | यह

बात तो मैंने सोचा भी नहीं थी मैंने सोनम से बोला कि तुम्हारा तलाक तो हुआ ही नहीं है तो तुम अभी शादी कैसे कर सकती हो | तो सोनम ने बोला तलाक मेरा होने वाला है मैंने केस तो कर दिया है अभी कोर्ट में चल रहा है | मैंने बोला जब तक तलाक नहीं होता है जब तक तुम शादी नहीं कर पाओगी | सोनम ने बोला हां मुझको पता है | सोनम ने बोला यह बात मैं तुमको पहले भी बताना चाहती थी कि जिससे मेरी शादी हुई थी पहले |वह आदमी यह कह रहा है की इसकी बड़ी बहन जो भागी थी | मुझसे शादी करने के बाद उसने भी मुझसे अभी तलाक नहीं लिया है और दूसरी शादी कर ली और जो छोटी वाली थी जिससे मेरी शादी हुई है उसने भी मुझसे अभी तलाक नहीं लिया है और उसके घर वाले उसके लिए लड़का देखने लगे | मैंने फिर सोनम से बोला यार ऐसे में तो तुम फस जाओगी बहुत बुरी तरह उल्टा वह तुम्हारे ऊपर फ्रॉड होने का केस कर देगा | सोनम ने बोला इसीलिए तो मैं तलाक होने का इंतजार कर रही हूं | मैंने बोला एक बार सही से जाकर अपने वकील से तुम बात करो और बोलो कि जल्द से जल्द मेरा तलाक करवाओ | सोनम ने बोला कि मैंने बात तो की थी मैंने बोला कि दो-तीन साल होने जा रहे हैं अभी तक तुम्हारा तलाक ही नहीं हुआ कोई अच्छा वकील देखो और दूसरा वकील देखो | सोनम ने बोला यार मैं दूसरा वकील ही देख रही हूं क्योंकि इतने साल हो गए हैंअभी तककोई भी तलाक हो ही नहीं रहा है | तलाक होगा तभी मैं दूसरी शादी कर पाऊंगी और आगे बढ़ पाऊंगी | मैंने बोला हां सोनम बोली और एक तरफ मेरी मम्मी यह बोल रही है कि तुमने जो लड़का देखा है शादी के लिए अपने लिए वह लड़का हमको पसंद नहीं है | हम उसको

कभी भी नहीं अपनाएंगे अगर तुमने उससे शादी कर ली तो भूल जाना कि तुम्हारा कोई घर भी है | तुम्हारा कोई मायका भी है यहां पर कभी भी कदम मत रखना | हम भूल जाएंगे कि हमारी एक और बेटी थी | दोबारा अपनी शक्ल भी मत दिखाना | मैंने बोला कि कैसी मां है जब अपने बारे में सोचने के बारे में तुमने सोचा तो उनको कोई खुशी ही नहीं है | उनका मतलब यह है कि हम जो बोले वही करो क्योंकि हम तुम्हारे मां-बाप हैं तुम्हारी जिंदगी का फैसला सिर्फ हम ही ले सकते हैं | फिर आगे तुम जानो | सोनम बोली मैंने भी बोल दिया है कि हां मैं शादी करने के बाद इस घर में कभी भी कदम नहीं रखूंगी | वैसे भी मैं यहां पर हूं आपको तो फर्क ही नहीं पड़ रहा है तो जब मैं इधर से चली जाऊंगी तब कौन सा आपको फर्क पड़ेगा | इतने में सोनम की मम्मी ने उसके ऊपर हाथ उठा दिया | सोनम ने बोला पहले आपके लिए आपकी बड़ी लड़की बहुत बुरी थी क्योंकि वह घर से भाग गई थी आज वही लड़की सबसे अच्छी हो गई है आपके लिए और उसकी वजह से जो मेरी जिंदगी बर्बाद हुई उससे आपको कोई फर्क ही नहीं पड़ रहा है | इससे अच्छा है कि मैं अपने पसंद के लड़के से शादी कर लूं और उसके साथ खुशी-खुशी रहूं | मैंने सोनम से बोला कि आगे क्या हुआ सोनम ने बोला जैसे ही मैंने यह बोला वह वहां से चली गई | एक हफ्ते बाद सोनम बहुत खुश थी उसने खुशी-खुशी मुझको फोन किया और बोला मधुलिका मेरा तलाक हो गया है मैंने बोला यह तो बहुत अच्छी बात है | सोनम ने बोला कि अब मैं जल्द से जल्द शादी करूंगी | मैंने बोला तूने मुझको यह तो बताया ही नहीं है कि लड़का करता क्या है |उसने कहा कि वह हॉस्पिटल में जूनियर डॉक्टर है मैंने कहा

कि यह तो बहुत अच्छी बात है | सोनम ने कहा हां वह सरकारी हॉस्पिटल में जूनियर डॉक्टर है मैंने बोला कि यह तो बहुत अच्छी बात है यार तेरी मम्मी देख तेरे लिए कैसे-कैसे लड़के देख रही थी और यह लड़का कितना अच्छा है | डॉक्टर है कोई भी लड़की उसको मिल जाती लेकिन उसको तुझसे प्यार था इसीलिए उसनेतुमसेशादी करने के बारे में सोचा | जिससे सोनम की शादी हो रही थी वह लड़के की फैमिली भी सोनम को काफी पसंद करती थी वह लोग सोनम की शादी अपने बेटे से करवाने के लिए तैयार थे | नवंबर का महीना था सोनम की शादी थी सोनम के घर से कोई भी परिवार का इंसान सोनम की शादी में नहीं आया था | सोनम मंदिर में शादी कर रही थी जहां पर सोनम के ससुराल वाले और सोनम की लड़की सोनम और हम सारे फ्रेंड थे | सोनम की शादी भगवान के आशीर्वाद से हो गई अब सोनम अपनी लाइफ में बहुत ज्यादा खुश थी | सोनम का जहां ससुरालथावहां पर एक औरत रहती थी जो सोनम के मायके के बारे में सब कुछ सोनम को बताती रहती थी | एक बार की बात है वह औरत सोनम के ससुराल आई बातचीत कर रही थी सोनम से अचानक बोली कि तुम्हारी बड़ी बहन अब तो तुम्हारी मम्मी के घर आकर रहने लगी है | सोनम ने बोलाअब मेरा उस घर से कोई भी रिश्ता नहीं है वह लोग जाने और उनकी बेटी जाने उस औरत ने सोनम को यह भी बताया कि जो तुम्हारा बड़ा भाई था वह भी अलग कमरा लेकर रह रहा है और शायद तुम्हारी बड़ी बहन भी तुम्हारी मां का ध्यान नहीं रखती है | तुम्हारी मां को देखकर लग रहा था कि काफी परेशान रहती है वह मैंने उनसे बात करने की कोशिश की लेकिन वह किसी से बात ही नहीं करती

है | इतना बोल कर वह औरत सोनम के घर से चली गई सोनम अब अपने परिवार के साथ बहुत खुश रह रही थी उसकी बेटी भी अपने नए पापा के साथ बहुत खुश थी 1 1 दिन की बात है मैं अपनी मम्मी के साथ सब्जी लेने गई थी वहां पर सोनम की मम्मी मिली मुझको पहले 1 मिनट के लिए मैंने सोचा नमस्ते बोलूं लेकिन मेरा उनसे बात करने का मन ही नहीं किया | वह सब याद आ रहा था जो उन्होंने सोनम के साथ लिया मैं उनके बगल से निकल गई लेकिन मैंने नमस्ते नहीं बोला | उसी दिन मैंने सोनम को कॉल किया मैंने बोला आज तुम्हारी मम्मी मिली थी मुझको लेकिन मैंने उनसे कुछ बोला नहीं सोनम ने बोला और कुछ बोलने की उनसे जरूरत भी नहीं है उनको मुझ से मतलब नहीं है मुझको उन से मतलब नहीं है बस बात खत्म मैंने बोला सही है | सोनम से मैंने ऐसे ही मजाक मजाक में बोला की शादी हो गई है तुम्हारी और हम सब फ्रेंडों को तुमने एक पार्टी तक नहीं दी | सोनम ने बोला यही तो मैं बोलने वाली थी फोन करके तुमको कि मैंने रविवार को एक पार्टी रखी है जिसमें सिर्फ मेरी फ्रेंड आएंगी | मैंने बाकी को फोन कर दिया है और तुमको भी इनविटेशन दे रही हूं | मैंने बोला यह तो बहुत अच्छी बात है मैं जरूर आऊंगी उस दिन हम सब फ्रेंड सोनम के घर गए सोनम का घर बहुत अच्छा था | हम लोग सोनम का इंतजार कर रहे थे जब सोनम अंदर वाले कमरे से निकलकर बाहर आई तो वह इतनी सुंदर लग रही थी कि हम सब उसको देखते ही रह गए शादी के बाद हम लोगों ने अब उसको देखा था वह बहुत सुंदर लग रही थी | हम सब ने सोनम की खूबतारीफ की सोनम भी बहुत खुश थी उस दिन हम लोगों ने बहुत एंजॉय किया | सोनम को

इतने साल बाद मैंने इतना खुश देखा यह देखकर हम सब फ्रेंडों को बहुत खुशी हुई | अब सोनम अपनी जिंदगी में बहुत खुश थी उसको किसी भी तरह की चिंता नहीं थी | उस दिन समय का पता ही नहीं चला रात होने वाली थी हम सब दोस्तों ने सोनम को कुछ तोहफे दिए और बोला कि चलो अब तुम खुश रहना हम लोग अपने अपने घर जा रहे हैं | हम सब लोग सोनम को एक बार फिर से बधाई देकर अपने अपने घर को चले आए | अब सोनम की जिंदगी बहुत ही अच्छी चल रही है उसकी बेटी भी बहुत खुश थी |1 दिन की बात है सोनम की बड़ी बहन मुझको राशन की दुकान पर मिली उसने मुझको देखा और बोली अरे मधुलिका कैसी हो मैंने कहा आप कौन मैंने आपको पहचाना नहीं तो बोली इग्नोर मत करो हमें पता है सोनम ने तुमको हमसे बात करने के लिए मना किया होगा | मैंने बोला नहीं ऐसा कुछ नहीं हैं | मैं थोड़े अपने काम में बिजी हूं इसलिए मुझ को इतनी बातें ध्यान में नहीं रहती हैं | तब सोनम की दीदी ने मुझसे बोला और सब कैसे हाल-चाल हैं सब कुछ कैसा चल रहा है सोनम की बात होती है तुमसे मैंने बोला हां मेरी बात होती है | उसके अपनों ने रिश्ता तोड़ दिया लेकिन दोस्तों से रिश्ता नहीं टूटा है और ना ही टूटेगा | यह बोल कर मैं वहां से चली गई शाम को मैंने सोनम को कुछ भी नहीं बताया क्योंकि अब वह अपनी जिंदगी में बहुत खुश थी | कुछ टाइम बाद सोनम का मेरे पास कॉल आया उसने बोला कि मम्मी की बहुत तबीयत खराब है | मैंने बोला क्या हो गया तो बोलने लगी कि बड़े भाई ने और बड़ी बहन ने मम्मी को मारा है | मैंने बोला क्या | सोनम बोली हां मैंने बोला कि अब तुम को क्या करना है आ रही हो क्या सोनम ने बोला आना

तो पड़ेगा उन्होंने भले ही मुझसे रिश्ता तोड़ दिया हो लेकिन मेरे लिए अभी भी वहं मेरी मां है | मैंने सोनम से बोला यह बात तुमको कहां से पता चली तो सोनम ने बोला यहां पर जो आंटी रहती है उनका वहां पर आना जाना है उनको वहां मेरे घर के बारे में किसी ने कुछ बताया होगा तो उन्होंने यह बात आकर मुझको बताई| मैंने सोनम से बोला एक बार कंफर्म तो कर लो ऐसा कुछ है भी या नहीं पता चला तुम वहां जाओ और तुम्हारी वह लोग बेज्जती कर दे | सोनम ने बोला कि हां एक बार में कंफर्म कर लेती हूं फिर सोनम अपने मायके गई वहां पर उसने काफी लोगों से पता किया | तब लोगों ने बताया जब से तुम्हारी शादी हुई है तुम्हारी बड़ी बहन यहीं पर आकर रह रही है | उसका पति और बच्चे भी यहीं पर रहते हैं पूरे घर का काम तुम्हारी मम्मी को करना पड़ता है | तुम्हारी मम्मी की तबीयत खराब हो गई है और दिन भर तो तुम्हारे घर से लड़ाई की आवाज आती है | तुम्हारी बहन काफी बार तुम्हारी मम्मी के ऊपर हाथ उठा चुकी है पता नहीं कैसा क्या चल रहा है लेकिन तुम्हारे घर के हालात अब पहले जैसे नहीं रहे यह सब सुनकर सोनम बहुत डर गई | वह घर के अंदर गई जहां पर उसकी बहन बैठी थी उसकी बहन ने तुरंत उसे बोला वहीं पर रुक जाओ घरकेअंदर आने की कोशिश मत करना यह तुम्हारा घर नहीं है | तुम इस घर के लिए और इस घर वालों के लिए मर चुकी हो हरदम के लिए | सोनम ने तुरंत अपनी बहन से बोला तुम होती कौन हो मुझ को रोकने वाली मैं अपनी मां को देखने के लिए आई हूं | सोनम की बड़ी बहन ने बोला कौन सी मां उन्होंने तो कब से तुम को मरा हुआ मान लियाहैअब इस घर से निकल जाओ नहीं तो धक्का मार के बाहर

निकाल दूंगी | सोनम ने बोला लगा कर तो दिखाओ हाथ | हाथ तोड़ के हाथ में दे दूंगी यह बोलकर सोनम घर के अंदर भाग कर गई और अपनी मां के पास बैठ गई और बोलने लगी कैसी हो मां उस समय सोनम की मां की तबीयत हद से ज्यादा खराब थी | उन्होंने सोनम से हाथ जोड़कर माफी मांगना शुरू कर दिया और बोला अगर मुझ को कुछ हो गया तो मैं भगवान को अपना मुंह नहीं दिखा पाऊंगी इसलिए कुछ भी होने से पहले मैं तुमसे माफी मांग रही हूं | सोनम ने बोला कि नहीं आप मुझसे माफी मत मांगो आप जल्द से जल्द ठीक हो जाएं आप तो मेरे जाने से पहले ठीक थी अचानक से क्या हो गया | सोनम की मां ने बोला मेरी ही गलती है मेरे ही कर्मों की सजा मुझको मिल रही है बहुत बड़ी गलती हो गई जो अपनी बड़ी लड़की पर यकीन कर लिया देखो उसने मेरी क्या हालत कर दी है | सोनम ने बोला हुआ क्या है साफ-साफ बताओ मेरे जाने के बाद ऐसा क्या हो गया जो तुम्हारी ऐसी हालत हो गई | सोनम की मम्मी ने सोनम को सारे हालचाल बताएं और बताया कि तुम्हारी जाते ही साथ हमने इसको को घर पर बुलाया और बोलाकि वहां अकेली रहती हो तुम्हारे पति की नौकरी भी नहीं रही | अब यहीं पर आकर रहो और अपने पति से भी बोलना यहीं पर ही कोई काम धंधा देखना शुरू कर दें | इतना हमारे बोलने पर उसने अपने पति को और बच्चे को यहीं पर ही बुला लिया पहले तो शुरू शुरू में बहुत अच्छे से बात करती थी खाना देती थी हमको और तुम्हारे पिताजी को |1 दिन की बात है हम बाहर गए थे हम वहां से आए तो घर में खाना बना हुआ नहीं था | हमने बोला कि खाना बना लो भूख लगी है तो बोलने लगी कि हरबार हम ही खाना बनाते

रहे क्या | अब तो इतने दिन हो गए हैं अब हमसे यह सब काम नहीं होगा बनाओ आप खुद और मेरे लिए मेरे पति के लिए भी बनाना | यह बोलकर वहां से चली गई उस समय हमको यह लग रहा था कि हो सकता है तबीयत खराब हो लेकिन ऐसा कुछ नहीं था |1 दिन 2 दिन 3 दिन ऐसा ही चलता रहा फिर धीरे-धीरे घर का सारा काम खाना बनाना कपड़े धोना बर्तन धोना झाड़ू पोछा करना यह सारे काम हमको अकेले करना पड़ता था |1 दिन की बात है इसकी लड़की को भूख लगी थी खाना बनाने में थोड़ी सी देर हो गई तो इसने बर्तन फेंकना शुरू कर दिया | हमने रोकने की कोशिश की तो हम को धक्का मार दिया | उस समय तुम्हारे पिताजी घर पर नहीं थे धीरे-धीरे चीजें और बढ़ती चली गई | हमने सोचा था तुमसे बात करें लेकिन दिमाग में सिर्फ यही था कि हमने तुम्हारे साथ इतना बुरा किया है | अब किस मुंह से तुम से बात करें किस मुंह से तुम से मदद मांगे इसलिए सब कुछ सहन करते गए | मोहल्ले वाले भी सब कुछ देखते थे लेकिन कोई कुछ नहीं बोलता था |1 दिन की बात है यह लोग बाहर से खाना खा कर आए हमने बोला बेटा कुछ खाने के लिए बना दो आज तबीयत खराब है | तो इसका पति हमको गालियां देने लगा जब हमने बोला कि हमारे घर में रह रहे हो खाना खा रहे हो और हम को ही गाली दे रहे हो | इतनी सी बात सुन के तुम्हारी बड़ी बहन ने हमारे ऊपर हाथ उठा दिया | सोनम यह सब सुनती जा रही थी और उसको गुस्सा आ रहा था सोनम की मम्मी ने बोला अभी तुम उससे कुछ भी मत बोलना | सोनम ने बोला क्यों क्या हो गया तो बोलने लगी कि अब वह इस घर के प्रॉपर्टी के पेपर के पीछे पड़ गई है | हमने साइन करने के लिए मना

कर दिया तो उसने हमको बहुत मारा | तुम्हारे पिताजी भी इस समय घर पर नहीं है उनको तो कुछ पता ही नहीं है इस बारे में सोनम ने बोला तो अब पापा को आप घर पर बुलाओ फोन करके और उनको सब कुछ बताओ नहीं तो बहुत ज्यादा देर हो जाएगी | इतने में सोनम की बड़ी बहन आ गई और उसने सोनम का हाथ पकड़ लिया और बोला निकल मेरे घर से सोनम को भी गुस्सा आ गया | सोनम ने अपनी बड़ी बहन का हाथ झटक दिया और उसको एक थप्पड़ मार दिया और बोली अब मैं पहले जैसी नहीं हूं | बहुत हो चुका दीदी दीदी अब तुम सुनो जो भी तुम कर रही हो उसकी सजा तुमको मिलेगी जो हालत तुमने मम्मी की की है तुम देखना अब तुम्हारी क्या हालत होती है और अपनी मम्मी से सोनम बोली तुम टेंशन मत लेना मैं जल्द ही तुम्हारे पास वापस आऊंगी यह बोलकर सोनम घर से बाहर निकल गई और बाहर निकलते ही उसने अपने पिताजी को कॉल कर दिया और सब बातें फोन पर ही बता दी | पिताजी से फोन पर बात करने के बाद जैसे ही सोनम ने फोन रखा इतने में सोनम के पति का कॉल आ गया | उसने बोला कहां चली गई हो तुम कुछ बता कर भी नहीं गई हो क्या हो गया है | सोनम ने अपने पति से बोला कि तुम मेरी बेटी को घर तो ले आए हो ना स्कूल की छुट्टी हो गई होगी | सोनम के पति ने बोला अब वह तुम्हारी ही बेटी नहीं मेरी भी बेटी है मुझको याद है इसीलिए मैं उसको घर पर ले आया हूं पहले तुम यह बताओ कि तुम हो कहां पर सोनम ने बोला मैं बस घर ही आ रही हूं घर आकर तुमको सब कुछ बताऊंगी | घर जाते ही सोनम ने अपने पति को सारी बातें बता दी और बताया कि बड़ी दीदी घर पर आ गई है और उसने मम्मी

के साथ कैसा कैसा व्यवहार किया है | यह सब सोचकर और सुनकर सोनम के पति ने बोला कि तुमको अपनी मम्मी का साथ देना चाहिए | यह सब सुनकर मुझको बहुत दुख हो रहा है अगर किसी चीज की जरूरत पड़े तो मुझको जरूर बताना यह सब सुनकर सोनम को बहुत अच्छा लगा कि चलो मेरे साथ कोई तो है | मेरा साथ देने वाला मुझ को समझने वाला फिर सोनम के पति ने सोनम से बोला कि आगे क्या करना है | कुछ सोचा है सोनम ने बोला मैंने सब कुछ अपने पिताजी को फोन पर बता दिया है | वह भी जल्दी से जल्दी यहां पर आ रहे हैं इतने में सोनम के पति ने बोला तुम्हारे पापा को आने में देर हो जाएगी ऐसा ना हो कि तुम्हारी मम्मी को तुम्हारी बहन कुछ कर दें | यह सब सुनकर सोनम ने बोला तो मुझे क्या करना चाहिए मुझे अभी कुछ समझ में ही नहीं आ रहा है | सोनम के पति ने बोला ऐसा करते हैं कि तुम थोड़े दिनों के लिए अपनी मम्मी के पास चली जाओ | वहां रहो जब तक तुम्हारे पापा नहीं आते हैं | सोनम ने बोला कि हां तुम सही बोल रहे हो सोनम के पति ने बोला अगर कुछ वहां गड़बड़ लगे या कुछ तुम्हें ऐसा लगे कि कुछ गड़बड़ होने वाली है तुम तुरंत मुझको फोन कर देना | मैं पुलिस को लेकर वहां पहुंच जाऊंगा | सोनम ने बोला कि हां यह बात तो ठीक है लेकिन मेरी बेटी | सोनम के पति ने बोला कि वह मेरे पास यही रहेगी मैं अच्छेसे उसकी देखभाल करूंगा और इसको स्कूल भी छोड़ कर आऊंगा लेकर आऊंगा वह मेरे भी बेटी है | सोनम ने बोला कि अगर वह रोने लगे रात में तो मुझे कॉल कर देना या बीच-बीच में उसको मुझसे मिलवाने के लिए मम्मी के घर पर ले आना | सोनम के पति ने बोला ठीक है दूसरे ही दिन सोनम अपने मायके पहुंच

गई रहने के लिए| सोनम की बहन ने बाहर से ही सोनम को देखकर बोला यहां कहां घुसी चली आ रही हो सोनम ने बोला कि दरवाजा खोलो उसकी बड़ी बहन ने बोला मैं दरवाजा नहीं खोलूंगी| सोनम ने बोला अगर तुमने दरवाजा नहीं खोला तो मैं अभी पुलिस को फोन कर रही हूं| पुलिस की बात सुनकर सोनम की बड़ी बहन ने दरवाजा खोल दिया सोनम अपना सामान लेकर अंदर आ गई और अपनी मम्मी के कमरे में चली गई| इतने में सोनम की बड़ी बहन आई और बोली यह सामान क्यों लेकर आई हो सोनम ने कहा मैं अपनी मम्मी के घर अपनी मम्मी के साथ रहने के लिए आई हूं| यह सब सुनकर सोनम की बड़ी बहन को बहुत गुस्सा आया और उसने समान यहां वहां फेंकना शुरू कर दिया सोनम ने बोला अब यह सब नौटंकी करके कोई फायदा नहीं है मैं यही रहूंगी| दूसरे ही दिन सोनम सुबह-सुबह उठी और अपनी मम्मी के लिए गरम गरम चाय और नाश्ता बनाने लगी| सोनम की बड़ी बहन आई और बोलने लगी यह सब क्या कर रही हो| सुबहनेबोला मम्मी को दवाई देनी है उनके लिए खाने के लिए कुछ बना रही हूं यह सब देखकर उसकीबड़ी बहन ने सोनम का बनाया हुआ नाश्ता पूरा बाहर फेक दिया| यह सब देखकर सोनम ने अपनी बड़ी बहन को जोर से थप्पड़ मार दिया और बोला खाने का अपमान मैं कभी भी बर्दाश् नहीं करूंगी | पहले जैसी मैं नहीं हूं तो कोशिश भी मत करना ऐसा कुछ करने की| फिर सोनम गरम-गरम नाश्ता लेकर अपनी मम्मी के पास चली गई उसने अपने हाथों से अपनी मम्मी को नाश्ता खिलाया और दवाई देकर सुला दिया| फिर सोनम अपनी मम्मी के कमरे की सफाई करने लगी सफाई करते-करते उसको घर के प्रॉपर्टी के

कागज मिले | जो उसने अपने पास रख लिए शाम को सोनम की बड़ी बहन बाहर गई हुई थी | सोनम ने वह प्रॉपर्टी के पेपर अपनी मम्मी को दिखाएं और बोला यह क्या है | सोनम की मम्मी ने बोला यह वही प्रॉपर्टी के पेपर है जिसके पीछे तुम्हारी बहन पड़ी है | सोनम ने बोला कि अब क्या करना है सोनम की मम्मी ने बोला तुमयह अपने पास रखो अभी | सोनम ने वह पेपर अपने पास रख लिए संभाल कर | सोनम की बड़ी बहन बाहर गई हुई थी लेकिन किसी को नहीं पता था कि वह कहां गई है और किस से मिलने के लिए गई है | सोनम की जब बड़ी बहन बाहर से आई तो बहुत खुश लग रही थी और सोनम से बहुत प्यार से बात कर रही थी | सोनम को कुछ अब सही नहीं लग रहा था उसको अपनी बड़ी बहन पर शक हो रहा था | सोनम जब अपनी बड़ी बहन के कमरे में गई तो वह अपने कमरे में नहीं थी | सोनम फिर अपनी बड़ी बहन को देखने के लिए छत पर गई तो वह फोन परकिसी से बात कर रही थी कि रात में काम होगा | यह सब सुनकर सोनम को कुछ सही नहीं लग रहा था इसलिए सोनम ने अपने पति को सारी बातें बता दी और बोला कि मुझको लग रहा है आज रात कुछ होने वाला है | यह सब सुनकर सोनम के पति ने बोला तुम किसी भी चीज की टेंशन मत लेना मैं रात में ही कुछ ना कुछ करूंगा | तुम बस एक मिस कॉल या एक मैसेज कर देना सोनम ने बोला ठीक है | रात होने वाली थी अब सोनम के पति ने पुलिस में कंप्लेंट कर दी थी और पुलिस सोनम के बर घर के बाहर खड़ी हो गई थी | सोनम अपनी मम्मी के कमरे में सो रही थी सोनम की मम्मी भी सो रही थी रात के 2:00 बजे अचानक से ऐसा लगा कि घर में कोई आ गया है | सोनम उठी तो

उसको कोई भी नहीं दिख रहा था जैसे ही वह अपनी मम्मी के कमरे में दोबारा आई तो उसने देखा कि 4 लोग उसकी मम्मी के बगल में खड़े हुए हैं और उसकी बड़ी बहन अपनी मम्मी का गला दबा रही है | यह सब देखकर सोनम जैसे ही भागी अपनी मम्मी की तरफ तो उन लोगों ने सोनम को भी पकड़ लिया | सोनम ने चिल्लाना शुरू कर दिया यह सारी आवाज घर के बाहर आ रही थी तो पुलिस को समझ में आ गया किअंदर कुछ गड़बड़ है | पुलिस ने दरवाजा खटखटाया लेकिन किसी ने दरवाजा नहीं खोला दरवाजा तोड़कर जब पुलिस अंदर आई तो पुलिस ने देखा कि सोनम को 4 लोगों ने पकड़ कर रखा है | पुलिस ने पूरे घर को घेर लिया और उन लोगों को भी पकड़ लिया और सोनम की बड़ी बहन को भी पकड़ लिया और पुलिस ने तुरंत के तुरंत एंबुलेंस को बुलाया और सोनम की मम्मी को एडमिट करवा दिया | सोनम तुरंत हॉस्पिटल गई अपनी मम्मी के साथ क्योंकि उसकी मम्मी की हालत बहुत खराब हो चुकी थी | सोनम की बड़ी बहन को पुलिस गिरफ्तार करके ले जा चुकी थी अब सोनम के पापा घर आए तो घर पर कोई नहीं था सोनम के पिताजी ने तुरंत सोनम को फोन किया और बोला कहां हो तुम सोनम ने बताया कि हॉस्पिटल में है हम लोग उनके पिताजी भी वहीं पर आ गए सोनम ने अपने पिताजी को अस्पताल में सारी बातें बता दी | इतने में डॉक्टरों ने भी सोनम की मम्मी को बचा लिया था | सोनमकी मम्मी ने सोनम को अपने पास बुलाया और उस से माफी मांगी सोनम ने बोला आप मुझसे माफी मत मांगिए जो हुआ उसे भूल जाइए सब लोग और खुशी-खुशी घर चलिए | थोड़े दिन बाद सोनम की मम्मी अपने घर पर आ गई थोड़े ही दिन

बाद उन्होंने सोनम को और उसके पति को और उसके बच्चे को घर पर बुलाया और साथ में खाना खिलाया | सब कुछ अच्छा चलने लगा था सोनम की जिंदगी में खुशियां ही खुशियां थी | तो दोस्तों यह थी सोनम की कहानी जो सच्ची घटना पर आधारित है | दोस्तों तो दोस्तों मैं हूं मधुलिका गोयल आपकी प्यारी लेखिका ऐसे ही और कहानियां जो सच्ची घटना पर आधारित है मैं आप सब के समक्ष लाती रहूंगी तब तक के लिए खुश रहिए सुरक्षित रहिए हंसते रहिए और अपने मां-बाप की सेवा करते रहे | जाते जाते मैं आप सभी लोगों से यही अनुरोध करूंगी कि जिंदगी में कभी भी हार ना माने मुसीबत हर किसी की जिंदगी में आती है खुद को इतनाकाबिल बनाएं आने वाली मंजिल के रास्ते में जो भी रुकावट आए आप उसका डटकर सामना कर पाए |

Enter Caption

इसी के साथ मैं आप सभी से अलविदा लेती हूं | मैं हूं मधुलिका गोयल आपकी प्रिय लेखिका ऐसी और सच्ची घटनाएं मैं आपके सामने प्रस्तुत करती रहुंगी | जाते जाते एक ही बात बोलूंगी खुश रहिए खुश रखिए खुद को और मां बाप की इज्जत करिए मान सम्मान करिए खुद का भी और मां-बाप का भी | नमस्कार

लेखिका-मधुलिका गोयल

www.ingramcontent.com/pod-product-compliance
Lightning Source LLC
Chambersburg PA
CBHW031242130726
47988CB00008B/3193